ESTRENNES

SVR LE MARIAGE
DV ROY, ET DE MARIE
de Medicis, Princesse
de Florence.

AV ROY.

Par P.P. De Chambrun, sieur de Lempery.

Augmenté d'vn Cantique & resiouyssance des François,
sur la venuë de la Royne en France.

A PARIS,

Chez Denis Binet, pres la porte S. Marcel.

Iouxte la copie imprimée à Lyon, Par Guichard Iullieron,
Imprimeur ordinaire du Roy.

M. DCI.

Auec permission.

SVR LE
MARIAGE DV ROY
ET DE MARIE DE MEDICIS,
Princeſſe de Florence.

Pour eſtrennes au Roy.

*ON* Roy qui en valeur ſurpaſſes tous les Rois,
Qui ne vois riẽ de grand ſinon quãd tu te vois:
Hercul' de l'Hydre hydeux des troubles de la
    France,
Aſtre qui dois encor regir tout l'Vniuers,
Et mettre ſoubs tes loix tant de peuples diuers,
Alliant tes beaux Lys à la Fleur de Florence.

    Benit ſoit le conſeil qui rendit tes eſprits
D'vne ſi belle Fleur, ſi ſainctement eſpris:
Qui change nos regrets en tres-belle eſperance.
Conſeil ſorty des Cieux, ou bien d'vn vieux Neſtor
Tu nous rameneras vn autre ſiecle d'or,
Marie mariant aux fleurs de Lys de France.

    Mais que nous ſeruiroit ceſt admirable accord
D'vn peuple des-vny, courant apres ſa mort,

A ij

Et d'auoir appaisé les fureurs de la France,
Qui sans toy, se baignoit dedans son propre sang,
Et de ses propres mains se deschiroit le flanc,
Si France vn franc fleuron n'auoit de ta semence ?

Car elle tourneroit bien tost à son malheur.
Ah! le seul souuenir me fait trembler le cœur,
Le ciel ne veit iamais si cruelle souffrance :
Iamais tant de Partis, ny tant de Roytelets,
Que la France verroit presqu'en tous ses anglets,
Si des Lys ne sortoyent de la fleur de Florence.

Mais le Ciel t'ayme tant, qu'il ne permettra pas
Qu'vn Prince tel que toy voye le noir trespas,
Sans le throsne François orner de ta semence :
Semence qui suyuant les pas de tes vertus,
Tiendra nos ennemis à ses pieds abbatus,
Et aux Indes mettra les bornes de la France.

Non, non, ie voy des-ja vn Iule naissant,
I'oy le peuple François, qui s'en resiouyssant,
Mil' hymnes va chantant au iour de sa naissance :
Naissance bien-heureuse, attendue de tous,
Qui nous doit amener vn temps clairement doux,
Et nos tremblantes peurs changer en asseurance.

O Dauphin, Dieu te gard' : Ha, des-ja ie te vois
Dorloter au berceau par le peuple François :
Puis encor ie te voy sortant de ton enfance,
Disciple bien-aymé de Pallas & de Mars :
Puis ie te voy encor chef de mille estendars,
Ne faisant que sortir de ton adolescence.

Apres ayant attaint vn âge plus parfait,
Le Tartare, & le Turc ie voy par toy deffait,
Et tous ceux qui de Christ vomissent la croyance :
Croyance que tu dois mettre en tout l'Vniuers,
Y plantant, Roy vainqueur, tes lauriers tousiours vers,
Qui bruiront dans les cieux le los de ta vaillance.

SIRE, ie ne suis point Astrologue menteur,
Ny le Dieu Pythien ne m'eschauffe le cœur,
Enflant mon sein pantois de vaine prescience :
Mais ie sçay que les cieux, & le fatal destin
Veulent que de toy sorte vn Prince tout diuin,
Joignant tes fleurs de lys à la fleur de Florence.

Haste-toy donc, mon Roy, & va t'en embrasser
Ceste belle Pallas, qui te vient caresser :
Et marie Marie aux fleurs de lys de France.
Quoy ? ne languis-tu pas de voir son doux regard,
Sa grace, ses attraits, & son ris si mignard,
Et d'ouyr ses discours pleins de rare eloquence ?

Non, tu n'as qu'en tableau veu encor son portrait,
Mais si tu auois veu ceste gorge de laict,
Cest esprit, des esprits la pure quint'essence :
Ce maintien admiré des hommes & des Dieux,
Ces beaux yeux, non pas yeux, mais astres radieux,
Que tes amours seroyent plaines d'impatience.

Tu lairrois pour vn temps les combats du Dieu Mars,
Et suiurois de Venus les plaisants estendars,
Car Sauoye ne peut eschapper à la France,
Puis que ce Montmelian, qui menassoit les cieux,

A iij

La clef, le chef, l'effroy de ces monts forcilleux,
Te redoutant, s'eſt mis à ton obeyſſance.

Mais qui arreſtera de tes armes le cours,
Grand Roy, puis que tu as du grand Dieu le ſecours:
Et que tu ſens du ciel la diuine aſſiſtance.
Non, non, il n'y a rien d'imprenable & ſi fort,
Qui puiſſe ſouſtenir ton inuincible effort,
Rien que le Ciel ne peut te faire reſiſtance.

La fortune d'Auguſte accompagne tes pas,
Des Ceſars on ne bruit deſ-ja plus les combats,
Eſtant ce Tout remply du bruit de ta vaillance:
Tes plus grands ennemis publiant tes vertus,
Reputent à honneur d'eſtre par toy vaincus,
Et loüant ta valeur admirent ta clemence.

Tout le Piemont ja tremble: & le Marquiſat las
D'obeyr à vn Duc, tend à ſon Roy les bras:
Et l'Italie craint ta voiſine puiſſance.
L'Eſpagnol te redoute, & le braue Germain
Te voudroit voir ſacré ſur les riues du Mein,
Empereur d'Alemaigne, & de l'antique France.

En quoy s'occuperoyent tant de braues guerriers,
Qui ne reſpirent rien qu'acquerir des lauriers,
Et de borner plus loin les limites de France?
Tu ſçais que le François ſans eſtranger deſſain,
Son eſtoc furieux tourne contre ſon ſein,
Et ayme mieux mourir, qu'enterrer ſa vaillance.

Suy donques ta fortune, ô Prince valeureux,
Et puis qu'elle te rit, la tenant aux cheueux:

Du mutin Piemontois rauale l'arrogance,
Qui occupant le tien, s'est osé prendre à toy.
,, Qui a la bonne cause & la raison pour soy
,, Prend de ses ennemis facilement vengeance.

Mais parmy le succés de ces rudes combats,
Repren d'vn doux Hymen les plus plaisans esbats,
Entant tes lys sacrez sur la fleur de Florence.
Vn seul fils te rendra Monarque triomphant :
Croy moy, il te vaut mieux vn legitime enfant,
Qu'auoir tout l'Vniuers à ton obeyssance.

Puisse-ie voir dans l'an ce ieune Prince né,
Que le ciel ja long temps nous a predestiné :
La terreur des meschans, & des bons l'asseurance :
Puisse-ie le voir Roy de tout cest Vniuers,
Et puissent à iamais viure dedans mes vers
HENRY LA FLEVR DES ROYS, ET
LA FLEVR DE FLORENCE.

A LA ROYNE,

SONNET.

MERVEILLE *de nos iours, ô diuine Princesse,*
Que le Ciel a donnee au Monarque François,
Pour remplir l'Vniuers de Princes & de Rois,
Surjons de sa valeur, & de vostre sagesse.

Estant aux champs vaincus de Sauoye & de Bresse,
Vos graces & vertus par ces vers ie chantois:
Mais c'estoit bassement, & d'vne humaine voix,
Car ie ne sçauoy pas que vous fussiez Deesse.

Minerue, de mon Roy l'amour & le soucy,
Pardonnez à mes vers, qui vous crient mercy,
Le mortel ne produit que des œuures mortelles.

Mais depuis que i'ay veu vos beaux yeux, ma Pallas
Ie suis vn demi-dieu, & mes vers des Atlas,
Qui porteront és cieux vos vertus immortelles.

HONNEVR DV LABEVR.

CHANT NVPTIAL

sur le Mariage du Roy & de la Royne.

NCOR la loy Celeste, encor la destinee
    Vnit le Liz de pourpre aux trois grands Lis
        dorez,
Et par les chastes neuds d'vn Royal Hymenæe
Reconjoint leurs fleurons par la mort separez :
La Vierge chasseresse à la fin s'est soumise
Aux douces loix du ieu fuy si longuement,
Bien qu'elle n'ait daigné depoüiller sa franchise
Que pour la saincte amour de Mars tant seulement.
L'heureux Mars des François, l'aisné fils de victoire
    L'exemple & l'ornement des Princes valeureux
    Seul entre tous les Grands a remporté la gloire
    De soumettre à l'Amour cet esprit genereux ;
    L'arc que reuere és bois la plus fiere Napæe
    Ne se pouuant ranger sous l'amoureuse loy,
    Que par la plus fameuse & plus vaillante espee
    Qui jamais se fist creindre en la main d'vn grand Roy.

B

Quels festons, quelles fleurs, quels doux chants de liesse,
 Quels ardants feux de ioye en mille lieux épris
 Seront dignes tesmoings de la juste allegresse
 Que ce sainct Hymenæe excite en noz esprits?
 Qui ressent le plus d'aise ou vous Valeur extreme,
 Possedant la beauté d'vne si rare Fleur,
 Ou vous Fleur de beauté seule egale à vous mesme
 Conioincte au parangon de clemente valeur?
Certes, ou ceste joye est pareille en voz ames,
 Ou bien si sa douceur vous paist diuersement,
 Celuy de vous qui brusle en de plus viues flames
 Est le plus transporté d'vn doux rauissement:
 Car plus l'amour d'vn bien trauailloit l'esperance,
 Plus en l'ayant acquis on ressent de plaisir:
 Et le contentement qui suit la iouissance
 Se mesure tousiours à l'ardeur du desir.
VOVS que tout l'vniuers se promet pour Monarque,
 Grand Roy, goustez vn peu l'heur que vous possedez,
 Iouyssant d'vne Fleur dont le choix est pour marque
 Qu'Amour incessamment n'a pas les yeux bandez.
 Nul qui viue icy bas ne peut voir sans merueille
 Luire en vn corps humain tant de graces des cieux,
 Et ceux que son renom attiroit par l'oreille,
 Son regard maintenant les rauit par les yeux.
La douce Majesté qui pare vn diadesme
 S'assied en son visage, & demarche en ses pas:
 La beauté deuant elle est presque sans soymesme,
 Et les Graces sans grace, & Venus sans appasts,
 Son estre estant tyssu d'vne si rare trame,
 Qu'on doute qui des deux à des charmes plus forts
 Ou l'extreme beauté des vertus de son ame,
 Ou l'extreme vertu des beautez de son corps.

Aussi doibt vostre cœur ressentir plus de joye
    D'estre pris en des lacs si chastes & si beaux,
    Que d'auoir terrassé l'orgueil de la Sauoye
    Domptant ses grands rochers coronnez de chasteaux:
    Et faut qu'en ceste pompe où le Ciel enuironne
    De myrthe & de laurier vostre front tout-autour
    Les triomphes sanglants de la fiere Bellonne
    Cedent la gloire à ceux de Iunon & d'Amour.
Bien paroit-il à l'heur qui vous rend tout possible
    Que Bellonne & l'Amour ont egal soin de vous:
    L'vne vous fait domter tout ce qu'elle a d'horrible,
    L'autre vous fait gouster tout ce qu'il a de doux:
    Mais vous n'auez iamais foudroyé par les armes
    Vn si rude ennemy qui vous ayt affronté,
    Qu'Amour, sans vous contraindre a dependre des
        larmes,
    Vous fait icy iouir d'vne douce beauté.
Bruslez dedans le feu que ses graces attizent
    D'vne ardeur volontaire & durable à iamais,
    Content qu'en vostre cœur ses flames s'eternizent
    Et qu'Amour soit pour vous sans aisles desormais:
    Montrez qu'en ce courage où la vertu n'assemble
    Que des desirs tous pleins de sainte ambition,
    La raison & l'Amour ont fait la paix ensemble,
    Et que vostre deuoir est vostre passion.
Comme qui conioindroit deux flambeaux par les meches,
    Leurs feux se confondants n'en feroint qu'vn de deux:
    Faites qu'ainsi voz cœurs attaints de mesmes fleches
    Vnissent à iamais leurs saincts & chastes feux:
    Soyez en bien aymant l'exemple qui l'incite
    A faire que le sien croisse de iour en iour:
    Et ce que par deuoir vostre vertu merite,
    Vueillés le meriter mesme encor par amour.

B ij

Et vous en qui le ciel ses richesses admire,
  Et que sa grace appelle à ce sort bien-heureux
  De voir sous vostre sceptre vn si puissant empire,
  Et d'auoir pour espoux vn Roy si genereux,
  Royne de qui la gloire emplit la terre & l'onde
  Voyez de quel honneur vostre front est vestu,
  Certaine de passer tes plus grandes du monde,
  En extreme bonheur aussi bien qu'en vertu.
Vous ne possedez point le cœur d'vn de ces Princes
  A qui l'heur d'estre grands tient lieu d'vnique bien,
  Qui pour toute louange ont de riches prouinces,
  Et qui tous Roys qu'ils sont, d'eux mesmes ne sont rien:
  Mais d'vn si venerable aux ames plus felonnes
  Qu'estant en ce sommet & de puissance & d'heur
  Plus grand par ses vertus qu'il n'est par ses couronnes,
  Son double diadême est sa moindre grandeur.
Aymez & reuerez pour ses graces extrémes,
  Et pour tant de beaux faits qui le font adorer,
  Ce que les plus cruels de ses ennemis mesmes
  Se sentent par contrainte aymer & reuerer:
  Bruslez encor pour luy quand l'empire des rides
  Ne lairra plus voz liz & voz roses fleurir:
  Et soyez desormais comme deux pyralides
  Qui dans vn mesme feu veuillent viure & mourir.
Vous l'embrassez orné des victoires nouuelles,
  Dont n'agueres noz cœurs se sont ennorgueilliz,
  Et l'Hymen qui vous ceint de chaines eternelles
  A le front tout couuert de lauriers frais cueilliz:
  Mais ce sont des effects que son bonheur enfante,
  Et c'est plus qu'à bon droit, qu'apres tant de hazards
  Ou l'Amour fut armé, Iunon est triomphante:
  Ainsi deuoit Diane estre coniointe à Mars.

Face la loy du Ciel que ce soit vn presage
    Qu'il naistra de vous deux de triomphants guerriers
    Qui mesme entrant au monde auront tout le visage
    Fierement vmbragé de superbes lauriers:
    L'acier leur armera la dextre & la senestre,
    Et de fer tout doré leur sein ira brillant:
    Ainsi nasquit Pallas, ainsi nous doiuent naistre
    Les magnanimes fils d'vn pere si vaillant.
Mais non, que l'Oliuier ceigne leurs jeunes testes
    En pacifiques Roys plustost qu'en triomphants:
    Aussi bien viuront ils sans guerrieres conquestes:
    Le pere en rauira le suiet aux enfants
    Auant que d'icy bas aux cieux il se retire,
    Si rien doibt arrester ses triomphes diuers,
    Ce sera ne pouuoir estendre son empire
    Par dela les confins qui bornent l'vniuers.
C'est pourquoy l'heureux cours des fortunes presentes
    Ne laissant à la France aucun mal redouter,
    Sinon que les fureurs des ciuiles tormentes
    Les viennent derechef de leurs flots agiter,
    Nous requerons sans cesse vne paix assuree
    Qui mette à ces mal'heurs vne eternelle fin:
    Et vous, sage Beauté pour tel bien desirce,
    Vous nous la donnerez nous donnant vn Dauphin.
Puisse-il naistre bien tost pour calmer tous orages,
    Dissemblable en cela des dauphins de la mer,
    Qui nageants sur les flots sont asseurez presages
    Que bien tost leur courroux les doibt faire escumer:
    Le Ciel ayant donné par l'effroy de la guerre
    Vn si genereux Prince à noz loix pour apuy,
    Ne peut plus nous donner rien de grand sur la terre
    Sinon vn successeur du tout semblable à luy.

BERTAVT.

CANTIQVE ET RESIOVISSANCE

des François, sur la venuë du Roy & de la Royne,
& sur le Mariage.

Sur le chant, Quand ie vois ce bel œil vainqueur.

LOüons tous Dieu à ceste fois
Peuple François,
Chantons le los & la grandeur
D'vne Princesse
Grande en sagesse
Et en valeur.
 Chantons vne diuine fleur,
Puis que l'odeur
S'espand ja par tout l'vniuers:
Et sa semence
Fait naistre en France
Des lauriers vers.
 Pallas que nous attendions tant
Est à present
Venuë & acole son Mars,
Orné de gloire
Et de victoire
Des Sauoyards.
 Nostre Roy couuert de lauriers
Vient volontiers
Pour voir vn corps si radieux:
Ayant Sauoye
Il prend sa voye
Vers ses beaux yeux.
 Pour vn temps il laisse de Mars
Les estendars
Pour espouser vne Pallas:
D'aymer Marie
Sa fleur cherie
C'est son soulas.

L'odeur de ceſte belle fleur,
Et ſa valeur,
Gaigne ſon amour coiugal,
Frappant ſon ame
De ſaincte fiame
D'amour eſgal.
　C'eſt Dieu qui nous l'enuòyc, à fin
Qu'vn fils Dauphin
Naiſſe d'elle dedans neuf mois:
Car l'heur de France,
Vient de Florence
A ceſte fois.
　Benite ſoit l'heure & le iour
Que ceſt amour
Sainctement s'eſt joinct en deux cœurs:
L'amour celeſte
Se manifeſte
A leurs grandeurs.
　Ceſt amour ſi ſainct & diuin
Mettra à fin
Le feu cuiſant de nos malheurs:
Donques Marie
Sera cherie
Pour ſes douceurs.
　Sa vertu la fait eſtimer
Et honorer,
Son cœur ſainct & deuotieux
Eſt charitable,
Et eſt loüable
Iuſques aux cieux.
　Pource elle eſt iointe à la valeur
Et la grandeur
D'vn Prince plein d'amour diuin:
Le Roy merite

La fleur eſlite
D'vn beau jardin.
  Ceſte fleur iointe aux fleurs de lys
Nous a promis
De faire naiſtre vn ſiecle d'or:
La Vierge Aſtree
Nous a douée
D'vn beau threſor.
  Ceſte Princeſſe eſt l'ornement
Du firmament,
Elle eſt le bon heur des François:
Dieu nous l'enuoye
Afin qu'on voye
Fleurir ſes loix.
  Viue donc noſtre grand Henry
De Dieu chery,
Lequel eſt venu triomphant,
Voir la Princeſſe
Où la ſageſſe
Va floriſſant.
  Voüons nos vies & nos cœurs
A leurs grandeurs,
Prions d'vn cœur deuotieux
Que Dieu les garde
Deſſous ſa garde
De ſes hauts cieux.
  Qu'ils viuent donc vn ſiecle d'ans
Et triomphans,
Qu'vn Dauphin ſorte des beaux lis:
Que chacun die
Viue Marie
De Medicis.

FIN.